与自己的灵魂厮守

作家出版社

目　录

以诗意和爱怜抚慰风尘 / 张玉太 / 001
自　序 / 007

1. 温柔的七月 / 001
2. 一个人度过的时光 / 002
3. 七月的思念 / 003
4. 思念的夜 / 005
5. 不能错过与你的相遇 / 006
6. 我的感动 / 008
7. 我是心甘情愿的 / 009
8. 我的担心 / 010
9. 感谢与你的相遇 / 011
10. 我相信 / 013
11. 今天一上午我都为你写诗 / 014
12. 等待的日子很美 / 015
13. 温暖的旅程 / 017

14. 向你致敬 / 018

15. 见不到你的时候 / 020

16. 你一直在我的诗里 / 021

17. 春天的好消息 / 023

18. 立秋 / 024

19. 爱得这么美　这么幸福 / 025

20. 我继续爱着 / 026

21. 我的爱在生长 / 028

22. 疼痛是美的一部分 / 029

23. 把思念装在包裹里 / 030

24. 漫长的一天 / 031

25. 原来　爱就在这里 / 032

26. 我的等待很美 / 033

27. 我必须学会等待 / 034

28. 这是一个漂亮的城市 / 036

29. 尘埃落定 / 037

30. 我有一个珍贵的愿望 / 038

31. 秋天的情话 / 039

32. 一个人的街头 / 041

33. 想你了 / 043

34. 最好的方式 / 044

35. 你的拒绝 / 046

36. 我仍然喜欢秋天 / 048

37. 今夜有风 / 049

38. 你的素描 / 050

39. 那个夜晚 / 051

40. 今晚　有爱情经过 / 052

41. 我的愿望 / 054

42. 此刻　我愿双手合十 / 055

43. 我要在心里栽一些篱笆 / 056

44. 我的身体里有了酒的成分 / 057

45. 出发 / 058

46. 蜷曲在远方的这个角落 / 059

47. 焚烧后的灵魂更近了 / 060

48. 只有五分钟可以倾诉 / 062

49. 去远方 / 063

50. 我愿意和你一起站在雨中 / 065

51. 我来不及赞美火焰 / 066

52. 无悔 / 067

53. 我愿以我后半生的时间　等你靠岸 / 069

54. 从白天一直等到傍晚 / 070

55. 又一场秋雨 / 071

56. 让你住进我的心里吧 / 072

57. 没有你的陪伴　我不孤单 / 074

58. 回想我们一起走过的夏天 / 075

59. 我的思念荡漾在乡村的枝头 / 076

60. 爱　就爱得坦坦荡荡 / 078

61. 我的泪水能不能打湿你的寂寞 / 080

62. 只愿你的心情有秋色中幸福的样子 / 082

63. 深秋时节 / 083

64. 你的承诺还在吗 / 085

65. 你已停止　而我还在一意孤行 / 086

66. 你要好好爱自己 / 087

67. 我只能在未来等你吗 / 088

68. 我会忘记自己的一切痛苦 / 090

69. 沉默在雨中 / 091

70. 你不用再想起我 / 092

71. 与自己的灵魂厮守 / 093

72. 走向秋天的深处 / 094

73. 让一切归零 / 095

74. 留几片树叶在枝头吧 / 096

75. 伤透的情怀 / 097

76. 保存 / 098

77. 真实的你曾感动了我 / 100

78. 我不知道后半生还要不要相遇 / 101

79. 一片黄叶 / 103

80. 这是不是另一种幸福 / 104

81. 我在原地等你 / 105

82. 我一直想念你的村庄 / 106

83. 拾 / 108

84. 我开始隐藏生活 / 109

85. 重新定义这份情意 / 111

86. 不知你现在在哪里 / 112

87. 剩下的目光 / 113

88. 我过得挺好 / 115

89. 住在海边吧 / 116

90. 我能理解你 / 117

91. 初冬 我仍在想你 / 118

92. 如果还是无处安放我的灵魂 / 119

93. 思念 / 120

94. 今生 还会有那种重逢吗 / 121

95. 路过八月 / 122

96. 九月的诗 / 124

97. 离开吧 / 126

98. 你是我曾经深深的爱啊 / 127

99. 在雨夜 / 128

后　记 / 129

诗坛名家及诗苑新秀给作者寄语集锦 / 张玉太 / 130

以诗意和爱怜抚慰风尘
——高惊涛诗集《与自己的灵魂厮守》读后随想

张玉太

若干年前，律师、诗人高惊涛以她易感的心灵和别样的笔触，出版了她的第二部诗集《谁为我祝福》，那部诗集的序《一个因诗而优雅的女人》也是我为她而作。而今她将又一部诗集《与自己的灵魂厮守》奉献给读者。

曾经，团结出版社出版的一部百年情诗选收录了她的诗作二首。为何选编了她的两首诗？因为它撩人心旌。先来看看她的那两首诗的片段。一首是《等待的日子很美》，美在哪里？

　　我凄婉的倾诉
　　我盲目的生命
　　我寂寥的守望
　　我深深的怀想

我至死不渝的款款深情

这样的情愫,这样的执着——难道还不美吗?另一首是《无悔》,一样的执着,一样的痴情。其中一节写道:

我不怕寒冷
我不惧风雨
我不眨眼睛
我不让眼泪流出来
我要一直盯着前方

以上两节片段,我想足可说明辑入百年情诗选集的理由了。

高惊涛的诗中,总是充盈着爱,也弥漫着风尘烟火。她笔下的风尘不是失魂落魄的,也不是消沉颓废的;在书写五光十色的风尘人生、纷扰世事之际,她时时不忘用她女性的爱去抚慰略显沧桑的风尘,以此给读者带去暖意,给这个世界带去亮色。她是一个心系众生的女性,更是一个富于担当的诗人。在这部诗集的《自序》中,她说:"我是一名律师。我除了办理公司业务和一些刑事案件以外,大部分时间在办理离婚案件。我一直关注案件中男人和女人的命运。"看得出,她对社会、对民生绝不是无动于衷。也正因如此,她的诗充满了生活的感悟与激情。她"一边生活,一边读诗,一边写诗",将"深情写进每一首诗里"。这就是高惊涛。在她的那部《谁为我祝福》诗集中,写了诸多孤单,写了女人对温暖的渴望，希望有一盏灯、一座城可以抚慰风尘。那里的基调多少显得低沉，情绪也是迷茫居多。但其实生活中的她并不是一个消极的女性，一路行来，总能发现诗意。如《自序》所言，她热爱生活，"喜欢像水一样奔流激荡，喜欢季节的风中有槐花淡淡的香。所以，不管我本人多么平庸，我总觉得爱很美，诗也很美……"她满怀激情地抒发内心对生活的热望："心中有爱的人们，……相信爱历久而弥新，永远洋溢于心间！"她给我的印象是，无论作为律师还是诗人，她都巾帼不让须眉！

读一读这部诗集《与自己的灵魂厮守》，看看高惊涛是如何描摹风尘人生，又是如何抒写心中那份拳拳之爱的。

在《温柔的七月》里，她情意恳切地写道：

今夜　请相信我
这种别离　没有忧伤
不用举起火把
我就可以谛听远方的歌唱
我会心疼和你的遇见
我的襟怀
等待在茫茫夜色下为你敞开

短短的几句，展示了一个女性温馨而宽阔的襟怀，令人唏嘘、感泣。

在《一个人度过的时光》一诗中，她依旧在泼洒一个女性柔婉的情怀：

> 我在夜晚的天幕上
> 写满我对你的懂得和对你的心疼
> 画满我感激的颜色、样子和味道
>
> 然后
> 沉浸在你的背影里
> 依在岁月的背后
> 守着这一地的相思

高惊涛似乎喜欢"心疼"一词,我以为,恰恰是这个质朴而颇接地气的"大众词语",投射出藏在她内心深处的那份柔情,也使得诗句满含温度。

《七月的思念》写的是爱的思念:

> 爱把我唤醒
> 我的忧伤和我的思念
> 真的发自心底
> 我开始牵挂着关怀着你的世界

这几句本是写我们司空见惯的爱情,仿佛并无特别之处,但在当今这个物质文明与精神文明并不均衡发展的大时代里,在金钱与物欲无处不在的大环境下,爱成了"稀缺品",能被爱唤醒也变得不那么容易了。

《疼痛是美的一部分》,诗人将自己的一颗心毫无遮拦地袒露于所爱的人面前，卸去一切人世间惯见的遮掩、矫饰、矜持：

> 我要放下矜持
> 任爱情游荡在心里
> 现在
> 我的心很润泽很怡静很舒展
> 如果你也愿意
> 就让我把剩下的时光
> 一天一天地
> 全交给你

一个人的心灵何以能够毫无芥蒂，赤裸裸展现于天地之间？我想，唯有纯真的爱情可以拥有如此的魔力。爱让人坦荡、坦诚、无私，它可以拂拭去风尘杂色和俗世欲念，所以，爱是圣洁的。

《我必须学会等待》是一首更具意境的情诗，我对它很是偏爱，你看其中的这几句，意境多美，韵味多浓：

> 今天的雨水
> 能让果树玉米爱情和一些草一起生长
> 今天我是以一朵梅花盛开在雨中
> 就这样与你痴情对望
> 让我们在雨中彼此亲近　细语

爱情伴着花草树木一起在雨中生长，这湿淋淋的爱情浸透了作者心田，也濡染了读者的情愫，无疑，读到这样的诗句，再坚硬的心灵也会被一击而中，并为之震颤！

好诗都是能够撩人心旌的，都是能够扰人神思的，甚至是能叫人难以入眠的。这就是诗歌的潜移默化的力量。好的诗要有情怀，有感悟，有韵致，有哲思，要能陶冶人心，要能教化世风。像高惊涛这样的以爱去抚慰风尘的篇章，就是好诗。

愿惊涛的诗越写越好，写出人性之美，写出人生况味。

2020 年 8 月 29 日

张玉太，笔名张帆，河北省元氏县人。中国作家协会会员，作家出版社原资深编辑，中国诗歌万里行组委会委员，北京大学中日诗书画比较研究会顾问，曾为臧克家、贺敬之、翟泰丰、李瑛、李发模、黄亚洲等三百多位诗人做"嫁衣裳"。一手创办的"张玉太藏书屋"公益开放，为繁荣故乡文学的春天抹一片新绿。

自 序

我是一名律师。

我除了办理公司业务和一些刑事案件以外,大部分时间在办理离婚案件。

我一直关注案件中男人和女人的命运。

我要感谢案件中的男人和女人让我获得创作的灵感与创作的激情。

我是一边生活,一边读诗,一边写诗。

我把我的深情写进每一首诗里。

如果没有人懂我,我不会埋怨,我不会选择遗忘,我不会去诉说,我不会转身离开,我只会在原地等待。

我曾出版诗集《我没有忘记》《谁为我祝福》。我主要写孤单中,谁能给女人温暖?多么希望一盏灯,一座城可以慰风尘。不要在一路的颠沛流离之后,仍然不知道等在终点的那个人会是谁?

因为职业的原因，我要经常去外地办案。我去过的地方很多，几乎在每一个地方都会写诗。我并不想证明什么，我只是喜欢这种生活，喜欢像水一样奔流激荡，喜欢季节的风中有槐花淡淡的香。所以，不管我本人多么平庸，我总觉得爱很美，诗也很美……

99首爱情诗，让人们自然会想到99朵玫瑰，99次的对视，99次的思念、月光下的一次送行、一次小小的感动……可是，我还是要说，尽管付出这么多，有可能还是一无所有。虽然不想说再见，可那种宁静还是铺天盖地地来，就像在自己的心里发芽一样，有时候真的已经凝固了。

这本书写了女人的爱情、夜空、情怀、雨丝、不舍、悲伤、哭泣、拥抱、真实、剧痛……我觉得，说多少情话其实都没有用，最入心的恐怕还是男人带给女人的安全感。

台湾著名女作家、旅行家三毛给王洛宾写的情信："闭上眼睛，全是你的影子。没有办法。""你无法要求我不爱你，在这一点上，我有自由的。"我认为这就是爱。

罗丹有一句名言：艺术即感情。这句话有着极其丰富的内涵。
我虽然不是什么艺术家，我只想把案件故事中的爱记录下来。

我觉得，真挚的爱就是艺术。

现在，我的想法是："路过八月 / 我不希望自己还是那么劳累 / 怀揣着一首新诗 / 我想停泊在月光深处 / 看每一片花瓣 / 慢慢舒展。""如果你为我点燃街灯 / 让我不用披星戴月 / 我将选择自己喜欢的生活。""在九月出发 / 我希望能遇见你"。

我曾写过一首诗《我需要重新活一次》

> 风吹在九月的怀里
> 并没有吹走我思念的理由
> 我不愿意给你诉苦
> 我还是去漂泊吧
> 享受一下陌生
> 就会暂时忘记疼痛
> 将心安定于山林毓秀之地
> 任时光滑落
>
> 我无法静默
> 这些风景与我无关与我的思念无关
> 我想要一种空旷一种寂寞和一种孤独把我包围
> 然后等待大雪将我封冻
> 我需要重新活一次

"我会漂染你的秋天 / 我会让所有的风韵都带着眷恋带着

含蓄带着喧嚣 / 你会在我的脚步声中醒来吗 / 你能给我需要的宁馨和安然吗？"

我是幸运的。我是幸福的。我看到了这样的诗句：

> 我渴望只有我们的日子
> 我渴望只有我们穿梭在古朴的小镇
> 我渴望只有我们沐浴在爱的窑洞里
> 我渴望只有我们行走在花的海洋
> ……

看到这样的诗句，心中有爱的人们，那些尘封的往昔又一次历历在目。相信爱历久而弥新，永远洋溢于心间！

2019 年秋于西安古城

1. 温柔的七月

此刻
窗外有雨

分别的时刻到了
我站在雨中
洗净我的生命

相信你　没有忘记
我遇见你的那个夜晚
今夜　请相信我
这种别离　没有忧伤
不用举起火把
我就可以谛听远方的歌唱
我会心疼和你的遇见
我的襟怀
等待在茫茫夜色下为你敞开

2. 一个人度过的时光

一个人的时光里
我想起了
幸福抵达的午后
我需要的疼痛

我在夜晚的天幕上
写满我对你的懂得和对你的心疼
画满我感激的颜色、样子和味道

然后
沉浸在你的背影里
依在岁月的背后
守着这一地的相思

3. 七月的思念

是你
让七月感动了我

你把火焰般的热烈给了我
让我找到了原始的美
怀着喜悦
我送给你微笑和轻盈

我决定
放弃去年冬季的枯黄
先为七月写一首赞美诗
以后　所有的诗都为你写

爱把我唤醒
我的忧伤和我的思念

真的发自心底
我开始牵挂着关怀着你的世界

沐浴着爱的阳光
我变得像秋葵一样年轻
我要去触摸季节的深度
我要去拥抱美
我要去欣赏这份感动

只是　不知道什么时候
才能再次遇见你
让我在你想要的安逸里
亲吻你的每一寸肌肤

4. 思念的夜

思念
在夜深人静时
隐隐作痛

望着窗外的夜
我静静地
含着笑容

我是想让自己的灵魂
在自由的流淌中与你相逢
我想让你得到安宁
我想把今夜的平静
全部都给你
还有我的祝福
我的善意

5. 不能错过与你的相遇

在七月的最后一天
我想写一写
我突然获得的青春
我雨后洁净的心灵
和我流下的泪水

自从遇见你
我总是习惯敞开窗户
习惯临窗而坐
静静盼望

我知道你在等待
我要让自己安静
我要把骨子里那种春天般的浪漫荡漾在心底
因为　我不能放弃幸福

我从来没有如此渴望过相聚
我不知道
当我看到远方的你就在眼前
我会怎样的任性

6. 我的感动

想你
是从今天的午后开始的
你七月的问候
让我有了向往

我感动于
你的双脚深深扎入泥土
弯着的脊背
还不忘背负季节的愿望

我知道你握着大把的阳光和空气
我真想变成一片树叶
依偎在你的身旁
让你听到我在果园里沙沙地歌唱
我真想变成照耀你庭院深深的红灯笼
用一生的时间
疼惜你的美丽

7. 我是心甘情愿的

雨水浸透的七月过去了
今天早晨的太阳很好
但是今天的悠长
让我无法搜寻到一个合适的词语解释我的孤独

是的
我是心甘情愿的
我应该感谢你的村庄、你朴素的情感
你不再打理的胡须和每次生命的相遇

有时候真的难以按捺
这不经意间的想法
一定是顺应岁月的感觉
所以　我要抱紧你
轻声说　别走
因为　我应该有勇气
等待那个声音

8. 我的担心

八月开始了
在这个阳光明媚的房间里
我在走动
在我年轻时才有的激情
无法停下来

我不能轻松地叹息和入睡
我不敢打开窗户
我不敢想你的络腮胡子
虽然　它并不茂密

我的中年无法寂静
我不知道
接近年老时最后的秘密
会不会成为我生命的盛年

9. 感谢与你的相遇

感谢你给我火热的生活
感谢你带来的古树鸟鸣蓝天和笑容

感谢这个夏天的早晨
让我觉得
一生中偶然的相遇
我将自己交出
永远都不会后悔

在这个夏的时节
我胆怯而柔美地活着
此时
我静静地
享受着岁月赐予的一切

村庄里

一定有微风吹过

我开始计划

今天喝酒　最好喝醉

明天穿上高跟鞋

在故乡的夜里醉倒在地

梦中

向你诉说我的温暖和我的等待

10. 我相信

我相信
你会在我写的诗里找到你的影子
因为你会听到鸟鸣
你会看到那一片辽阔的蓝
你会发现每一天每一晚都有思念

你会爱上这些诗
我则会在诗中继续记录你读诗的模样
还有我今天这个年龄所明白的
一生和久远

11. 今天一上午我都为你写诗

每次看到你点着的香烟
我都想着
如果让我也试着吸一口
我就会知道
你的孤独你的忧伤你的犹豫你的坚强你的任性
和你的愿望

今天
你说要戒掉这个习惯
我说
今天一上午我都为你写诗
写你没有烟灰和烟圈的日子
写你院子美丽的黄昏
还有我们自己的圣洁

12. 等待的日子很美

只有你知道
我为什么特别喜爱今年的夏天
喜爱这八月的清晨

只有你不知道
从早上七点到下午两点的七个小时里
我独自前行
我看不到你的眼神你的神态时的心慌和绝望
我凄婉的倾诉
我盲目的生命
我寂寥的守望
我深深的怀想
我至死不渝的款款深情
以及我关于爱情和生命的全部记忆

你终于来了

我觉得
等待的日子很美
村庄的早晨很美
古树很美
蓝天很美
月光下的身体很美
我们的约定也很美

13. 温暖的旅程

你是在夜晚　在黎明时分
见到我真正美丽微笑的人
所以
在我拥有的东西越来越多的时候
有一种蓝必须说出来
曙光中的凉爽和歌声也要表达出来
一个人的城市
两个人的爱情
雪白的乳房和熟睡中的鼾声也要一起写进诗里

从现在
开始温暖的旅程
在自然的爱的阳光下
生活

14. 向你致敬

我什么也没有想
就走向你
在那个纯粹的瞬间
叩响了一个古老的誓言

村庄的凉风
一遍遍地梳着我长长的头发
这种浪漫让我燃烧让我骄傲

我知道每个夜晚的灯光都是为了等我
那份暖和　那份明亮
让我一次次陶醉

那就让我把心灵安放在读诗的时光里
从每一首诗开始

都向你致敬

我想

这是我表达感激最恰当的姿势

15. 见不到你的时候

见不到你的时候
我会举起手
向天空挥动
我会去庭院或巷道旁
寻找厚厚的落叶慢慢地踩踏
我会在黄昏或清晨
闭上眼睛
想想温暖过我的眼神
我会盼望现在有雪落下来
我会去寻找冰雪下的河流

16. 你一直在我的诗里

读完一首诗
才急忙赶往火车站
我是想看一看诗人是不是
也和我一样的不舍和留恋

来到这里
就安心住下吧
这里虽然离你很远
这里虽然见不上你
但在这些安顿下来的阳光中
我可以停下脚步
听一听自己的心跳

有白云飘过
这朵白云停留在我的窗外

我深情地多看了几眼
然后在纸上写了一句话
你一直在我的诗里

17. 春天的好消息

过完除夕
我就收拾好所有的心痛和所有的思念
应该是感觉春风先来
再看到花儿的相继绽放

我的激情
我想在屋檐下听雨水落下的向往
我要买油纸伞的想法
我想乘一叶扁舟的梦境
我的柔情我的婉约
也都一一展现
这是春天的好消息

18. 立秋

秋天来了
草木依旧茂盛
我在北方相遇的爱情也走进八月
我写的思念的诗篇继续流淌着我的沉醉

新的季节
我只想告诉你
你专注的样子
其实很美
因为有你
我不再孤独与恐慌

19. 爱得这么美　这么幸福

在这个下午
有秋天的速度　果断而稳重
有秋天的作为　热烈而充满希望和激情
还有深情人的轻声道别
多么地恋恋不舍

幸福说来就来
片刻的阳光将我照耀
我胸中的河流映出的彩虹很灿烂也很魅惑
我忍不住喊叫
谁能挡住这自然之美

我在这样的时刻心潮澎湃
感谢你　让我这样爱着
爱得这么美　这么幸福

20. 我继续爱着

分手后
我写的这首诗
你一定会喜欢

你走了
我还站在那里
我继续爱着
我感受着秋的气息
感受着大地金黄的温柔和欢欣
我写今年夏季我的爱情
写我的诗意和温暖
写你的沉静与辽阔
写你触摸和安慰我的疲惫
写我们一起翻阅思念的日子

秋风吹过记忆里的村庄

你能否感到

你的怀抱里

安放着我干净的灵魂

21. 我的爱在生长

今天很热
我看到麦子熟了
我看到我的爱在生长
不知你收割以后
能否感到我很热很热的心

其实
我真想放下所有的负累
靠近你
在你面前微笑、流泪和感动
如阳光般的纯洁和深情

这一次
我愿意是你屋檐下的小鸟
蓝天下鸣叫　无拘无束
就这样守着你
不再离开

22. 疼痛是美的一部分

今天的阳光很热烈
今天是吐露心事的美丽时刻
我闻到了你的体香
我要抒写一生的执着和爱恋
我要告诉你
疼痛是美的一部分

我要放下矜持
任爱情游荡在心里
现在
我的心很润泽很怡静很舒展
如果你也愿意
就让我把剩下的时光
一天一天地
全交给你

23. 把思念装在包裹里

用一上午的时间去寄包裹
这是昨天准备的今天要寄出的明天能签收的一份心意
寄给你营养悠闲和温馨
还有台湾的音乐

包裹里没有写一个字
也没有寄秋天落下的花朵和树叶
因为懂你
我不想惊动你身后的村庄

我欣赏这些花朵和树叶告别枝头时仅用了一刹那的时光
而我扑向大地却迟疑了四年的光阴
我要让这些花朵和树叶
活在我的诗中
我要继续赞美它们
赞美它们追求爱情时的从容镇定和优雅

24. 漫长的一天

漫长的一天
你都在思念
我想
一定有明亮的阳光照在你身上

天色暗下来
我无法让自己安静
我无法掩饰内心的喜悦
我倾其所有
点亮了岁月的灯盏
默默地想你
我发现
你头上的星空原来那么璀璨
而你　就是我的天涯

25. 原来　爱就在这里

当午夜的寂静
覆盖了你的村庄
你便开始倾诉

我们说着诗
说着其中一些诗的含义
说我五十岁慢慢变老的身体
说这个欣欣向荣的季节
说你是我灵魂的一部分

我接受着你每时每刻的祝福
心情越来越好
这是以前所没有的感觉
原来　爱就在这里

26. 我的等待很美

八月的恋情
如你家院子里那些葡萄酿出的紫红色浆液
那样纯粹　那样醇美

我的等待很美
不需要疼痛
不需要穿越千山万水
不需要任何解释
因为懂得
便只有深情

不用担心
不管什么时候
我所有的眷恋和疼爱
都会留给你

27. 我必须学会等待

下雨了
车缓慢向前
我想走得慢一些
我想站在雨中
感受雨水浇灌大地的酣畅淋漓

今天的雨水
能让果树玉米爱情和一些草一起生长
今天　我是以一朵梅花盛开在雨中
就这样与你痴情对望
让我们在雨中彼此亲近　细语

今天没有光芒棱角和胆怯
只有雨的幸运和神秘
我静默
任雨水进入我的身体

从上到下肆意流淌

地上的水在流动

我在眺望　我不知道

船在渡口还是在辽阔的深秋

我必须学会等待

这样的日子才会幸福

这样揣在心里的

才是越来越真切的爱情了

28. 这是一个漂亮的城市

这是秋天的雨

最容易让人沉醉

这是一个漂亮的城市

让我不由自主

把心里的祝福说出来

我们是两滴雨

我们可以住在同一个海里

我爱雨滴

爱它们自上而下的壮美过程

我已经醉了

不信你看

其中的一滴

一定带着梅花的香味梅花的清雅梅花的风度梅花的高洁

和梅花的坚强

29. 尘埃落定

当一个声音从远处传来
突然明白
天堂的气息随时都会飘过
明媚和浪漫只能存在于一个素静的角落
或许　美妙的时光仅仅存在于刻骨铭心的那一刻

带你去雪山之巅或一个无人知晓的地方吧
不再拒绝你的心
以淡然的姿态远眺风景
享受这份沉静与安宁
留下动人的表情
让清风明月滋养我们
让心灵自在　无悔

30. 我有一个珍贵的愿望

我的心里充满了爱
我有一个珍贵的愿望
我要伸出两个手掌
把你心里的雪花和冰冷托起来
让这迅速融化的纯洁的雪水浇灌我们的爱情之花
让我们的心连在一起
让我们的掌心铺满最温暖的阳光最快速的成长
和最蓬勃的坚持

让你重新振作　恢复健康　恢复活力
让你以甜蜜的欢喜欢愉来收获你的名誉你的财产
和你的爱情

31. 秋天的情话

我知道
你的愤怒是为了我
你的无奈是为了我
你忍受指责是为了我
你承受委屈也是为了我
我是如此地不安
我感到整个北方都在疼痛
就让我做一片秋天的树叶
现在就离开你的枝头

这片顺着月光下来的落叶
不能再飞向你的身边
我不知道要飘向哪里
我的内心充满绝望的寂寞
我只能穿过黑夜

不会再有温暖的期望
那就沉没于大海
这可能是我希望的最好归宿

亲爱的
在我即将飘走的瞬间
我要写一些秋天的情话给你
这应该是秋天里最美丽的一首歌
我从万紫千红写到繁华落尽
我写自己唯独在你面前的驻足
我对这个世界充满感激
这里的不朽
在于你触动了我的心灵

我会带走秋天的欣喜和秋天的迫不得已
我会带走我们的生活我们的文字我们的记忆
和我们的悄悄话

32. 一个人的街头

一个人的街头是黑色的
而午夜是红色的
灯光通过变换图案释放痛苦
我只能在恍惚中度日如年

绿色的光闪过
我无法淡定
一团火焰冲过来
那散发着热烈的火光让我颤抖

我想给浓郁的色彩中
添加寒风寒冷雪花阳光和情歌
让这些一起燃烧

灰烬一把一把落在我的心间
应该和草原的风无关

小时候　听奶奶说
把灰烬捂在伤口
可以止疼

33．想你了

我不知道我们的爱恋会有多长
我不知道雨后的田间小路是否有泥泞
我知道你正在受着煎熬
我知道你正在关心我的悲伤
我决定把你放在我的诗集里
这样　你可以在这里永生
我可以随时歌唱一个村庄
我也可以自由歌唱村庄里的月光

我想你了
我就在诗集里放声大哭
告诉你相思太苦
我还可以告诉你
我想你了
就是特别想特别想的那种

今晚　到我的梦里找我好吗？

34. 最好的方式

时间过得真慢
我无法离开影子和秋天
我知道你喜欢站在雨中
所以　在八月的这个下午
我没带雨伞直接冲进雨中
我希望能找到你的身影

秋雨淅淅沥沥
我看见一个女孩儿把半截烟头扔在地上
烟头还活着
顽强地一闪一闪
一下子　我有理由相信
人间最美是八月
可到底什么样的方式可以与你相约

我流泪了

头顶没有雨

这个时刻　刚好想想我们在一起的难忘时光

我怀着胜利的心情回家

我也想好了

也许　最好的方式

就是把内心的温暖取出来

写满期待

然后　守候在窗下

等雨来

35. 你的拒绝

在夜色中
在没有月亮升起的晚上
迎接我的是无边的难过和痛楚
你拒绝的话语像一支火把
直接将我焚烧
我肝肠寸断　唯有泪千行

我愿意一直为你敞开心扉
可你已经不愿意再去追寻
最真切的记忆仿佛就在眼前
分别后的孤独与不安让我永远相信
我们的深爱我们的勇气和我们的希望
虽然相伴的时光转瞬即逝
却如同阳光般闪耀难忘

明知道你决心已下

但我还是把手伸向夜空
渴望能够最后一次触摸到你
没有人抱紧我纤弱的肩头
我独自入睡
用自己的胸口为自己取暖

36. 我仍然喜欢秋天

喜欢秋天
因为你曾经在那里等我
今天的风吹过大地
我开始写秋天的愿望
我知道
秋天的草就要枯了　花也要落了
我抵挡不了崩溃的岁月
你也无法理解情到深处我的孤独
我只能用绝望的手势举过高傲的头顶
抓起一堆树叶　又慢慢放下
既然每一次的等待都是一种心甘情愿的付出
那么　希望这次的伤害
最好不要有太多的忧伤
因为　我还要留一点力气
继续守望你

37. 今夜有风

你今天又说了一遍
按时吃药
好好工作
你的安慰你的提醒
是想让我回到以前的状态
可我泪如雨下
无法回到从前

今夜有风
风吹过我的城市也一定会吹过你的村庄
其实
刹那间的迸发
也是一件非常好的事情
起码　在窗外飘落的叶子覆盖我们之前
对于我们的爱
可以给予一个最高礼仪的赞美

38. 你的素描

因为你不愿意亲近

所以每一段故事都被怀疑

你虽然还在院子里

可她认为你已经彻底地变成一枝桃花了

你虽然选择了沉默

但还是被定义为"犯了错误"

船就那么搁浅了

鱼试图游走

可落花离那些裂缝很近

你没有交出泪水

还是在老地方

寻找行走的路线

39. 那个夜晚

我能想象
那个夜晚一定很黑很黑
那种黑一定压得你喘不过气来
即使摔碎了删掉了焚烧了所有的痕迹
也没有办法填补那个被掏空的感觉

原谅我过于痴狂
以至于不知道隐藏自己的梦
让悲伤落在你的身上
现在
我不能放声歌唱
我只能在诗里
写下深情的诗句
我只想告诉你
我甘愿承受整个村庄所有的相思与孤独
以及所有的伤害和罪恶
只求你一切安好

40. 今晚　有爱情经过

房间里充满欢喜
我发现爱依旧
有多深的爱就有多少话要说
我们可以同时被湖水淹没
但我的心田里始终都会有一条河流
你温暖过我的手势
足够让我有勇气
一生都只爱这一个村庄

即使你的爱最后只能以露珠的形式呈现
那仍然可以滋润我干涸的心田
你的亲切自然和真诚
让我感到
今晚　有爱情经过

你在的地方

就是世界的核心
相信很多年以后
记忆依然会在你我心间流淌

41. 我的愿望

每天
不论是安静还是绝望
我都会急切地寻找你牵绊你
没有发现月光的时候
我就迅速地把自己赶进夜色
然后
打开所有的灯

这些灯火都是为你而明
所以
你可以忽略这里的温柔
但你不能忘了
在你可以安全靠岸的时候
抵达我

42. 此刻　我愿双手合十

想醉酒
于是　一个人
喝了那天剩下的半瓶
但却没有醉意
身体多出来的柔情
让我渴望山峦起伏　河流奔涌

知道你不能来
此刻　我愿双手合十
祝福你幸福快乐更重要的是轻松
我的声音是干净的
当你在降落的莲花中看到我的虔诚和我端庄的样子
你会懂我爱你的初衷

43. 我要在心里栽一些篱笆

我要在心里栽一些篱笆
把伤痕挡住
不想让风再次掀开

留着宽一点的缝隙
我就站在其中一个大一点的豁口
好让你看到我的心

想你的时候
可以把思念交给快递
你可以看到冬天的那场雪

这是我需要相守的颜色
在我痛苦的时候
覆盖我的创伤

44. 我的身体里有了酒的成分

那天　和你一起喝酒以后
我的身体里有了酒的成分
当雨季过后
我仍然会把生命和爱一起给出

这不是小事
这是我放弃我所热爱的沉默和哭泣之后决定的
我已经把泪水拧干
以后　我流泪的时候
你不会听到雨声
也不会听到破裂的声音
你只会发现我面前的一堆雪
你需要我的时候
我照样可以醉你

45. 出发

我能想象那天晚上
你点燃香烟燃烧香烟掐灭烟头弹落烟灰时的痛苦和茫然
这是我执着的情怀带给你的伤痛吗
我热泪滚落
遥远的祝福湖水般涌向我
我让月光带去我的问候

我不知道心会不会在后面的约会中慢慢复原
我也不知道以后的什么时间还能再次遇见你
告诉我你村口的名字
想你的时候
我会向着远方的路途出发

46. 蜷曲在远方的这个角落

不想影响你的生活

不想看到你憔悴的样子

今天的我

蜷曲在远方的这个角落

可以大胆地把我们的爱情掏出来

可以大胆地打开私藏的秋叶蓝天鸟鸣颜色愿望

和河流的方向

然后

一个人思念

一个人哭泣

一个人回忆

一个人疗伤

如果有微风经过你的身旁

那一定是我

还是原来微笑的样子

47. 焚烧后的灵魂更近了

如果说哪一天最难忘
恐怕就是今天了
我越来越觉得
焚烧后的灵魂更近了
我能真切地感受到你对我的爱

那个夜晚　你经历着一个跌落炙烤熔化和上升的过程
你的身上落满灰烬
你仍然没有动摇

我无法阻止那样的焚烧
我没有时间悲伤
我不能让你忧虑
我不会再给你诉说我的忧伤
我会埋葬一些东西
我要缓慢地擦掉最后一滴眼泪

对于一个热爱这个世界的人

对于一个懂得爱情的人

我不打算躲避

我会原谅所有的罪恶

然后相信　你会和我一起祈祷

你会一直在远处为我转动经幡

48. 只有五分钟可以倾诉

一直在续写一万年的故事

可现在却只有五分钟可以倾诉

把疼痛说出来

把思念说出来

把忧伤说出来

把愿望说出来

把后半辈子继续习惯寂寞说出来

把疑问说出来

究竟　有没有一种爱能让你不受伤

亲爱的

你给我五分钟的在乎

我会用一生的时间把你守候

49．去远方

拎一瓶酒
也不一定能喝下
估计也会在半路停下来
然后　沉湎往事
想那些爱情方面的故事

端起酒杯
祭奠一下自己的血肉之躯
因为没有人知道
我在这场爱情里最大的收获
也没有人知道
那堵墙上
有我撞击翻越抚摸的痕迹和我飞溅的泪水

我要离开那堵墙
带着我们爱的记忆

去远方
我会变得小心谨慎
我会包裹好自己

50. 我愿意和你一起站在雨中

我能感受那天晚上
你被围困的过程你的抵抗你维护爱情的决心
尽管黑夜粉碎了我们的梦想
但我还是要拥抱你亲吻你

你喜欢下雨天
我愿意和你一起站在雨中同时被淋湿
然后彼此怜爱
最好有闪电照亮我们的心

当雨落进心脏
我们就安静地坐在雨中
哪儿也不去

不管这个城市如何看待我们
我们就只顾爱着

51. 我来不及赞美火焰

柔软的大床漂浮着纯洁率真的喜悦
躺在那里是多么地甜美
更甜美的是你的身体散发出充沛醉人的芬芳
情爱的火焰在心中跳跃
我来不及赞美火焰

让我慢慢地靠近你
给予你爱的亲密
让我们怀着一种神秘的激情
完成一次心灵的欢愉
过一次自在暖心不将就的日子

52. 无悔

我想和你一起走

我走在大路上

我知道你就在前方

我要追赶你

我不回头

我不呐喊

我不哭泣

我要奋不顾身

我不怕寒冷

我不惧风雨

我不眨眼睛

我不让眼泪流出来

我要一直盯着前方

我不想让你走入黑暗的尽头

我会用尽全力

我会用头颅和热血和你一起走

我相信我能够做你的太阳

消除即将到来的黑暗

53. 我愿以我后半生的时间　等你靠岸

车窗外有海
冲浪板在接受安检
虽然裹着包装袋
但还是明显可以看出鱼的形状
随后　不知要飞行多久才能到达岸边

鱼是木头做的
现在无法再掩盖
我走得太远　不得不承认
心里有你的低声柔情蜜语
车厢里不再孤独

最亲爱的人
对你　我愿献出一切
我将始终保持感恩之情
我愿以我后半生的时间　等你靠岸

54. 从白天一直等到傍晚

我知道
一瞬间的决定
等待我的是漫长的岁月
可只有这样
才可以缠绕一世的光阴

从白天一直等到傍晚
看着窗外
灯光一点点地亮起来
你一定就是我身旁最亮的那盏灯
来到我的心里
从此不再离开

我们幸福地在一起
在充满期待的世界里
琴声　水声　蓝天　白云
是对我们最好的祝福

55. 又一场秋雨

又一场秋雨在午后开始下
慢慢地　细细地　悄悄地
我知道
你是为爱而来
我在雨中听到
你的柔情只为我守候

我不用担心
秋雨过后
斜阳里一定是落花成溪
我坚信
所有的曾经
只为今生不再错过

56. 让你住进我的心里吧

亲爱的
你不用小心翼翼走过岁月
你的爱带给我精神的喜悦
为了表达我内心的崇敬
我度过漫长孤独的黑夜之后
开始感恩夜色的温柔

让你住进我的心里吧
今后不会有狂风暴雨
爱过的疼爱的那颗心
从此就不分彼此
爱过的想过的那个你
不管醒着睡着还是梦着都已是心影相随

这样
你能听到我的懂得

我能体会你的眷恋
你能懂得我的寂寞
我指缝间滑落的泪滴
你也会为我轻轻吻干
今生注定
你中有我　我中有你

57. 没有你的陪伴　我不孤单

没有你的陪伴

我不孤单

我要把最好的祝福送给你

只要你能欢心　舒心　顺心

我就不会叹息　我就会很幸运

你能重新拥有亮丽的面容熠熠生辉

我就感动于阳光重新又洒进你的晴空

我们的爱恋才能有最热切的希望

没有你的陪伴

我不心慌

我知道你是怀有真爱的人

在夜深人静时

我在孤独中卧床

我会想象你就在我的身旁

58. 回想我们一起走过的夏天

海边有海鸥飞过
站在海边
我可以默默地遥望你
躺在海的身旁
我可以静静地思念你

你一直在我眼前飞翔
带给我秋天的颜色和味道
还有每天的温暖和问候

回想我们一起走过的夏天
那是火热的季节啊
火红的岁月里
我们倾尽生命去燃烧激情
我们彼此直接抵达灵魂

59. 我的思念荡漾在乡村的枝头

我知道
你家树上的苹果
正在秋风中晃动
我的思念荡漾在乡村的枝头
我站在高楼的楼顶大声吆喝
不知道这声音能不能到达你的村庄

此时的你
一定是望着满园的欣喜
如果这时候
我站在你的村口
你会感觉我的到来吗

如果你没有想到也没事儿
对于我
你记得也好

忘掉也罢
我只是想让你明白
每一个听到我吆喝的人
都知道这个声音
在整栋楼里回响了很长时间
没有消逝

60. 爱　就爱得坦坦荡荡

深秋了
向日葵已经被砍下头颅了吧
阳光还在
可再也看不到向日葵的仰望和微笑了

短短几个月
向日葵绽放了自己的爱情梦想和对生活的热爱
那份阳光
那份明亮
那份忠诚
那份执着
以及勇敢追求自己想要的幸福的那份信念
诠释了爱情的意义
爱　就爱得坦坦荡荡

向日葵走的时候

脸上一定没有泪水
内心也一定没有黯淡
向日葵一定是充满感激
因为
那一场不算大的火
让那个充满爱的夏天化为金黄色的烟尘
等在季节里的容颜
永远都不会改变

61. 我的泪水能不能打湿你的寂寞

追逐阳光的途中

遇到了大火

我被焚烧

我被拒绝

我被抛弃

我已经死了一次

我需要重新生长

我不需要温度水分光照和土壤

有你一个怜爱的眼神就足够

我不会再说爱情的话题

我只想问你

我的泪水能不能打湿你的寂寞

我只有小小的愿望

只愿你有时间哪怕给我一秒钟温暖的注视

只愿你能明白我深沉目光背后所有的守望
只愿你能看清我内心所有的欢喜与伤痛
这样我就知足了

62. 只愿你的心情有秋色中幸福的样子

如果能够见你一面
听听你的声音
我宁愿再次听到你给我说拒绝的话语
如果能够坐在你的跟前
告诉你我多么想你
我宁愿再一次肝肠寸断

站在秋天的路口回望
内心深处总有一份深情
所有的等待以及等待里的渴望和绝望
都只愿你的心情有秋色中幸福的样子
心中虽然凄苦
但我知道自己正走在去往春天的路上

63．深秋时节

深秋时节
我的每一次回忆
都带着我的真挚我的虔诚和我的温暖
我知道
你正在抚摸你的田野你的果实和你的爱人
你不会回头看我的微笑

如果这是你的爱
那就让我在你金色的枝头
放下准备采摘的双手
插入泥土
去寻找那些被压抑的空气和使我们生存的诺言

某一天　当我死去
你会成为我最羡慕的人
我知道

你身上没有痛苦
你早已把我们所有的甜蜜全部忘记
我却再也不用思念你
然后　幸福地闭上眼睛

64. 你的承诺还在吗

在季节的深处

我不敢回头

我不知道秋风把你的心带到哪里

今夜　我写下诗句

我不知道我的思念你能不能看到

我不知道你是否还能记得我的白色我的黑色和我的忧虑

我依然期盼

可你却早已不再热烈

今夜的秋叶为你飘落

今夜的心为你破碎

可我不知道

你的承诺还在吗

65. 你已停止　而我还在一意孤行

爱过　希望过
罪恶的大火吞噬了我的善良单纯简单和美好
你也把枪口对准了我
然后
在不该离开的季节离开了
我的心里只有震惊悲伤和午夜的眼泪

你选择了你的庭院
你的选择是自在慈悲智慧还是清静
都将与我无关
我会选择一片安静淳朴的白色陪伴我
今夜
我重又走进风雨
一面奔波
一面想你

66. 你要好好爱自己

现在的你是幸福的
让我浪迹天涯吧
将来的你
不管会不会感谢我今天的坚守
我都一定要写下自己的心愿
每一天每一夜都要告诉你
你要好好爱自己

67. 我只能在未来等你吗

单纯地看

遇到你

唯美诗意的生活我很快乐

精致浪漫的情感我很幸福

你已经成为我岁月中的一种感动

谁知

那场大火以后

我们谁也没有说分手

但是我已经开始沉默

我在等你的问候

哪怕是一个假装的微笑也行

耳边却只有风声雨声

我在细雨中呐喊

你没有应答

我想留在你的身边已经不可能

我只能自在独行

我不畏浮世

我只能在未来等你吗

68. 我会忘记自己的一切痛苦

蓝蓝的天空

金色的田野

红色的果实

黄色的包装

我在这些色彩中看到你生命盛开的模样

我会忘记自己的一切痛苦

只要美好与你同在

我会在月光下静静地开放

一个人默默地散发清香

一定不会让你感到杂乱

因为爱

是那样的清晰

69. 沉默在雨中

不能思念
不能激动
不能汹涌
我哭泣之后
沉默在雨中

悄悄地离开
只为看异乡的风异乡的雨和异乡雪花的飞舞
谁知
泪水和雨水一样的冰凉
当雪花一片片落在我心里
你可知道我的心寒

我在雨中我在雪中
我冷不冷你已经并不在意
只有午夜街头昏暗的灯光
伴着脚下的落叶身上的雪花和我孤独的影子

70. 你不用再想起我

枫叶上清晰地画着我的位置
只等你沿着河边
顺着我的脚印
寻找我
看我的绚烂
听我一个人的叹息

如果你觉得很无奈
那就撕碎枫叶
你不用再想起我
我也不需要再哭给你听

虽然还没有陪你一起淋一场雨
但我知道你已经什么都不需要了
就让我一个人
看雨滴落在草地
看雪花飞在空中

71. 与自己的灵魂厮守

现在
端起酒杯
竟成了一个人的风景
还是把酒杯重新洗干净
藏在柜子深处
就像我的深爱埋在心底一样

我想　既然斯人已去
就让我与自己的灵魂厮守
让我被六月的白雪覆盖
这样我就不用担心
不用思念
也没有疼痛
当阳光从身边走过
也浑然不知

72. 走向秋天的深处

秋叶的缝隙中
流淌而来的是我无尽的思念和等待
而你的问候
只在倾诉你的忧愁
没有欣喜
没有爱意

在你转身的瞬间
我闭上眼睛
走向秋天的深处
虽然寒冷会随时降临
但我还是继续前行
不再回头

73. 让一切归零

雪还在下
雪试图覆盖的那片金黄还在
地上已分不清雪水陪伴的泥土
落叶也不知来自哪里

天空没有那片蓝
梦想只在风中摇曳

盼望一场更大的雪将我封冻
没有欲望
也没有河流
让一切归零

74. 留几片树叶在枝头吧

穿过一座又一座城市
遇见秋叶金黄
那么极致那么诗意那么温暖
我开始阅读秋天

可当树叶纷飞
蝉声却已停歇
看树叶飘落
看雪花飘落
心的碎片也在飘落

留几片树叶在枝头吧
让她在寒风中哭泣之后
再离开心爱的枝头
因为别离
可能永远没有归期

75. 伤透的情怀

你们午夜的默契
连同你们焚烧我的纯真所彰显的从容和坦然
让我诧异
我无法愤怒
我无法安静
我只能用饮泣放任残忍和无情肆虐

既然你已匆匆离去
既然你已经不再等我
既然已经没有生机和力量
那就做一次彻底的了断

我想
我再也不需要踮起脚尖
此次的决绝和承诺
没有人会懂得
也没有人会唤醒

76. 保存

马上要过冬了
我开始保存我们在一起的岁月
最好分开包装
先保存我们的欢笑心跳
再保存我们的光线颜色和味道

接着
保存我的泪水
保存我的伤痛
保存我的心疼
保存我的思念
保存我的守候
保存我的绝望

最后给心打个死结

以后风来了雨来了
什么也听不到了
也感觉不到疼痛了

77. 真实的你曾感动了我

真实的你曾感动了我
让我倾注内心的温柔
独自守望的夜晚
我一遍又一遍地盼着你的归途
可现在再也听不到你的心跳
你也不会再倾听我的诉说

心很痛
眼泪落在茫然的秋季

如果我就这样一直守候在我的门口
在我临终前
我还能听到
你说一句我爱你吗

78. 我不知道后半生还要不要相遇

你总是给我解释
有的时候　人都有好多的无奈
我不知道你是想让我忘记你
还是你要把我忘记

我不明白
为什么爱让你褪落在这样的深秋
悲凉中
我不知道后半生还要不要相遇

你说你喜欢站在雨中
可此刻秋雨绵绵
我竟然连独自听雨都无法做到
更不能在雨中想你

那场大火虽已将我焚毁

但我如残荷仍傲立秋风中
可你已经退却
那一生有你的誓言
已成为梦里摇曳的树的影子

79. 一片黄叶

初秋

一片黄叶落在我的身旁

带它回家吧

让它陪伴我

让它和我一起

回忆曾经的浪漫和欢乐

回忆这个夏天和这个秋天的阳光和风雨

我知道

过去的风景已经离我而去

我将带着这片黄叶走过厚厚的岁月

当天空落尽最后一片黄叶

我会学会遗忘

80. 这是不是另一种幸福

今天和你打电话的时候
我一直看着手中的一片黄叶
我才想起
这是有生以来
第一次有这样的一种感觉
你认真地缓慢地坚定地说出心里话
对我来说
这是不是另一种幸福

冬已至
你会约我一起走吗
美好和喜悦会再次来临吗
雪漫西川的浪漫会降临吗

在我向冬天交出自己的时候
你能不能稍等片刻
让我追忆一下今年的秋天和短暂的相逢

81. 我在原地等你

看着叶子一片一片飘落
我觉得我老了
从夏天走到秋天
见证了一个世纪的爱恋

我在原地等你
那里的银杏树枝叶已经很茂盛
如果你找到我
你就会看到
那树下厚厚的落叶便是我的眼泪我的深情和我的回忆

82. 我一直想念你的村庄

每次看到你的属相
我就会想你
想你的笑声
想你在我耳边说的那句话

其实
我一直想念你的村庄
当雪夜来临
我会一个人喝醉
然后睡去
你的村庄的屋檐下会悬挂我的思念

我一直想念你的村庄
一个有着果香树叶蓝天白云的地方
因为有忠诚和信念

所以　你的村庄
是我永远不会放下的一声叹息
是我永远不会忘记的一首诗

83. 拾

弯腰拾起一个个路标

这次

我一定会找到你

相信我

在见到你之前

我会把生活过成你想要的模样

84. 我开始隐藏生活

一直被伤害
一直想要一种全新的生活
所以　在这个冬天
我开始隐藏生活
一边缝补伤口
一边用一种无助的方式爱你

也许等到冬天结束
也许最后一场雪过后
也许伤口还没有完全愈合
我都不能和你说一句话
那就让我藏起伤口
退缩到自己的心底

我知道道路和它的尽头在哪里
但我不愿意诉说

也不愿意去寻找

更不想去呐喊

我只能沉默

85. 重新定义这份情意

今晚以后
喝茶聊天晒太阳
我会有想要的安全和感动吗

你说多么在乎我
你说你多么无奈
你又说我扰乱了你的平静
我无法判断你的解释你的慌乱和你莫名的信息
我不知道你对我算不算真爱
我已经写不出一首诗

我现在和火车一起呼啸而过
我只能拥抱夜色
今晚没有月光绽放
思念再也不会决然地铺满一地

86. 不知你现在在哪里

趁河水还没有封冻
趁黄叶还没有落完
在这个城市再走一圈
在我们一起走过的人行道
找一找你的脚印
不知你现在在哪里

我曾答应过你
不能见面
我会把你放在心里
不知你现在在哪里
是否在寒冷的路口等我
然后陪我走过拥挤的马路

87. 剩下的目光

你可能不知道
从那天晚上起
我开始
害怕疼痛
害怕质问
害怕解释
害怕大火

既然灰烬再也不会燃烧激情
既然秋叶飘零了太多的浪漫
既然苹果树上累累的幸福不属于我
那么
剩下的目光
就让我多看看树下厚厚的落叶吧

即使孤独如黑夜一般难熬

即使漫长的冬天不会落下一片雪

我也依然会热爱它的美好

起码

它除了给我回忆

还能给我一份踏实

88. 我过得挺好

今年夏天
火堆里什么也没有了
只有指尖的冷

今年的秋天
我无法阻止秋风横扫你的颜面
看着你的无奈和酸楚
我焦虑不安
我默默流泪

冬天到了
当我如雪一样坠落
我遇到了寒风
我只告诉你
我过得挺好

89. 住在海边吧

最好

在海边建一所房子

住在海边吧

这样

每天都可以看到浪花和海鸥

即使海鸥飞走了

我也会一直守在大海的身旁

我相信海鸥一定会回来看我

还有　这座房子是根据你喜欢的样子建的

这座房子里盛放着我们痴迷的颜色

和我们可以一起喝酒的杯子

还有你温情的背影

90. 我能理解你

我能理解你抽烟的样子
你吐出的烟圈
你思考的方式
你偶尔低下的头
你的沉默
你不愿意提起的那一天
你的酸楚和你的疼

我能感受到你转身时的无奈
你的眼泪流在心里
你的脸上挂满笑容
我心里知道
你不愿讲出真相
你是不想再让我受伤

91. 初冬　我仍在想你

原打算
等黄叶落尽
等风慢慢静止
我便抱紧一颗爱你的心
在离大地最近的地方
开始悲伤
开始孤独

不去想
在我独自迎接结局时
谁会与我不期而遇
只知道
我现在的忍辱负重
只为抵达与你的相遇

92. 如果还是无处安放我的灵魂

如果你不会再回头
如果你留给我的时间不多
如果还是无处安放我的灵魂
那就让我一个人停止等待
捂着伤口孤独终老

93. 思念

不想穿这条裙子了
每天晚上洗好晾干
第二天　继续穿
裙子的颜色开始泛黄
和我家的院墙模样差不多

担心你来找我的时候看不到我
我还是换个颜色鲜艳的衣服吧
你只要绕过两条街道
一直走到我的窗前
就会看到我家的墙头
有一抹彩色的祥云

94. 今生　还会有那种重逢吗

天有些凉了
相约阳光吧
我不想太冷太痛

正午的阳光来了
午后的雨水也来了
我却没有回到从前

琐碎的日子里
没有动心
今生
还会有那种重逢吗

恐怕不会了
这种思念是种在诗里的
远处的山峰不一定能看清楚

95. 路过八月

路过八月
我不希望自己还是那么劳累
怀揣着一首新诗
我想停泊在月光深处
看每一片花瓣
慢慢舒展

我已经见到了大海
我已经没有退路
如果你为我点燃街灯
让我不用披星戴月
我将选择自己喜欢的生活

我相信
你只要来
我会老远就伸出手

拥抱你
不松开
哪怕就抱星星出来的
那一小段时间

96. 九月的诗

在九月出发
我希望能遇见你
怀揣着对你的思念
我想在最美的季节
沐浴着暖暖的阳光
悠闲地走在大海边

我是循着你的声音去的
海滩上的贝壳
一定是你留给我的
历经风雨
我知道　爱你最值得

我相信
你来过这里
放心吧

我已经把你藏在心里

这一天　这一世

为你而来

我不会孤单

97. 离开吧

离开吧
一个人去乡下
那半截旧墙留下吧
在东边的墙根儿再种植几株葡萄
那些绿荫
包括那些坚守
放到秋天
会有很多乡下的气息

最期待的
恐怕是躺着看星星
躺着看月亮
还有无边的夜色

我想
冬天也会读懂
我窗外空地的舒展

98. 你是我曾经深深的爱啊

草原辽阔
月亮升起来
我写下充满爱意的诗句
然后　我会一路狂奔

我会漂染你的秋天
我会让所有的风韵都带着眷恋带着含蓄带着喧嚣
你会在我的脚步声中醒来吗
你能给我需要的宁馨和安然吗

99. 在雨夜

在雨夜
凉爽的十月有太多的感动
在此时又一次被想起

原以为就这样失去你
可现在
你要握着我的手
放在心头
谢谢你还记得
我曾经为你那样地哭过

我喜欢这美丽的夜幕
只要有这样的真诚
我想我们会愉快地相伴

后　记

什么也不说了

有爱就足够了

高惊涛

2019年秋于西安古城

诗坛名家及诗苑新秀给作者寄语集锦

张玉太 收集整理

这部诗集,真切地抒发了作者心中的诚挚之爱,呈现着一个诗人"与自己的灵魂而厮守"的境界。"爱",就是诗人存在的法则。因为爱,诗人笔下的世界,即使在苦难中,也是如此温暖和美丽。

——小说家、诗人　顾艳博士

现代诗与古体诗相比,多了一些随性和洒脱,写法更自由,更适合抒发现代人的情感。

——当代作家、《越涛词》作者　蔡越涛

这世界没有了诗歌,就仿佛没有了春天。读诗,读好诗,是幸福的。

——诗人、画家　金铃子

一个真正的诗人,必须以他个人的生活经历为基础,从

生命的真切体验中顿悟出诗意，凝结为诗。这样的诗才能具有诗人的个性，具有时代的特点，具有感人的魅力

——诗人，世界华文爱情诗学会会长　董培伦

激情与梦想在诗歌中真实的再现，理性和感性的交织碰撞出生命的色彩。与灵魂厮守的人，爱得那么美。

——新加坡诗人、艺术家　舒然

在你的心里，回忆里

以及诗歌里

爱情，犹似一曲伤感的华尔兹

彼此进退缠绵，心怀悱恻

亦是五月，雨后的丁香

静静地，散发着醉人的醇香

那些细碎的花瓣，宛如一段情缘的流逝

无声地飘着，落着

它们落在你心底

雾岚似的忧伤

便自你柔柔的心中

袅绕着，升腾着

……

为高惊涛《与自己的灵魂厮守》作

——清幽馥郁的北京诗人　萍萍

诗歌和舞蹈是孪生姐妹，我是孔雀舞演员，我们对艺术

会有同感，我读你的诗就像看见你也徐徐开屏，把爱与美展向人间。

——中国诗歌协会会员，孔雀舞演员　郭蕾

作者很追求诗意和诗意的升华，诗写得委婉细腻。

——中国诗歌学会会员，来自西子湖畔的

女诗人　郑洪

有时候，爱情既是诗，作者敏锐地抓住了它每一个缥缈轻痛的侧面。

——诗人、画家，《中国女诗人诗选》主编　施施然

诗之所感，诗之所爱，诗意追求，诗在远方……

——航天人、军旅女作家、诗人　马京生

诗人，带着对生活的热爱与感悟，写下了美好的诗篇。生活是什么？生活就是大海，是大海边诗人居住的房子，是房子里窗前的浪花和海鸥，是诗人那一颗对生活之海打开的诗心。在诗心之上，是对"浪花与海鸥"的赞美，也就是对自己的赞美！

——行吟诗人、独立写作者　墨艺

诗写生命

让诗歌与生命相依

又永不相见

——一个七分庄重三分调皮的诗人　老刀

读着从灵魂深处流淌出来的诗句，感知纯情其实与年龄无关，"……我的等待很美……不管什么时候/我所有的眷恋和疼爱/都会留给你"，深情纯美的诗句，如同暖溪清流，滋润平凡的日子。

——诗人、作家、导演　练佩鸿

只要用真情写的诗，就一定能打动人。打动人的诗，才是好诗！高惊涛的诗从乡村月光下流出来，给人纯静之美，读来心暖。

——诗人，河北诗上庄庄主　刘福君

厮守爱，厮守盼望，厮守住这一对翅膀，也就厮守住了灵魂的信仰。

——青岛女作家、文学评论家　周雁羽

高惊涛的诗是柔美的。也是真诚的。她把对生活的热爱，对爱情的渴望，毫不掩饰的表达出来，像一只夜莺，在自然的山野，婉转啼鸣。像一股清流，在人生的隘口，汩汩流淌。纯情、唯美的情愫，游走于质朴的文字之间，读之心为所动。

——福建诗人　赖微

这本书里日积月累的文字，见证作者在文学道路上的追求，对诗歌的理解，对美好生活的向往与诗情画意。写诗是为了表达自己，用文字见证内心世界的丰富多彩。诗意人生的路上充满温情，感受诗人的情怀，更要去感受诗人的风采。在人生最美的时刻，做喜欢做的事情。一本新书的问世，也是一种缘分。

——诗人，中国诗歌网事业发展部总监　祝雪侠

高惊涛凝视大自然，在自然中行走，在行走中思考，在思考中书写。于是，她笔下万物饱含深情，富有灵性与诗意。

——中国作家协会会员、中诗网编辑部主任

马文秀

一首首诗，如灯盏里绽放的朵朵玫瑰，都是爱的模样。在匆忙赶路时停下来读它，相信你会说：这个世界很好，他（她）很好。

——内蒙古青年作家、诗人　郭静芳

诗逢其时，情在原乡。期望诗人拥抱时代，根于情怀，发出真我的声音！

——军旅作家、首届"鲁奖"获得者　郭小晔

诗歌，是文学界的沉香。你在努力着，我也在努力着。

——诗人、词作家，广东省作家协会副主席兼诗歌

创作委员会主任　丘树宏

在心田播撒爱的种子，让悲欢离合交织成诗行。阳光一路，风雨同行，人生花期如约而至。诗人高惊涛植根于生活，与每位当事人同呼吸共悲欢，这便是真正打动读者的诗魂。

——书法家，中国诗歌学会会员　杨新宾

《我的感动》中的"用一生的时间，疼惜你的美丽"一句，直白平淡的语句中，渗透着细腻而坚定的情感。这，就是诗人的魅力所在。

——中国诗歌学会会员　闫会芬

女诗人高惊涛在《等待的日子很美》一诗中这样写到："我觉得/等待的日子很美/村庄的早晨很美/古树很美/蓝天很美/月光下的身体很美/我们的约定也很美"。诗人将内心情绪物化为"村庄的早晨，古树，蓝天，月光下的身体"，用精粹的文字铺叙出一个古雅宁谧的环境，烘托出一种让人不忍亵渎的圣洁之情。诗人由实而虚，不断升华，让我们在世俗中的心灵得以净化，并憧憬与这种等待的日子不期而遇。

——河北省作家协会会员、中国诗歌协会会员　康哲峰

作者以善良与爱喂美了诗！

——安徽省作家协会会员、池州市秋浦诗社常务副社长　柯芳美

这是生活与现实所给予的爱与痛,与自己的灵魂厮守,便多了许多温暖与幸福。

——中国诗歌学会会员、唐妃体散文
创始人　大唐飞花

唯有爱能慰籍心灵,给人力量。有爱才会幸福。相信爱,坚守生命中的真!

——《太行文学》主编　刘巨星

作者把自己放置于炉内,一个人旺盛地燃烧,所有的篇章里都能读到初恋的柔肠。

——中国作家协会会员,来自大别山深处的
女诗人　张同

在诗苑的地平线上,看见各种诗歌王国像雨后春笋形成好风景,但出现的好诗不多,而高惊涛的诗应属于好的那种。

——北京诗人、学者、收藏篆刻家　朵生春

诗人敞开了胸襟,端出自己的灵魂,浮现着爱的花纹。让我倾心于温馨与审美。

诗人的语言,犹如蘸着清晨的露水写就,青青的脆脆的,一碟新鲜味道。

——远方的澳华诗人　张山河

挥洒自如的奔放情怀，细腻内省的哲思雅韵，为生活着瑰丽色彩。

——博士，中国诗歌学会会员　郄程

我也喜欢作者笔下的美丽和善良，让我们共勉，我也闻道九十九朵玫瑰花的香气。

——中国诗歌学会会员　黄慧玮

图书在版编目（CIP）数据

与自己的灵魂厮守 / 高惊涛著 .—北京：作家出版社，2020.10
ISBN 978-7-5212-1114-6

Ⅰ.①与… Ⅱ.①高… Ⅲ.①诗集—中国—当代 Ⅳ.① I227

中国版本图书馆 CIP 数据核字（2020）第 172140 号

与自己的灵魂厮守

作　　者：高惊涛
特约编辑：张玉太
责任编辑：田小爽
扉页题字：张　况
装帧设计：共享元素
出版发行：作家出版社有限公司
社　　址：北京农展馆南里 10 号　　邮　编：100125
电话传真：86-10-65067186（发行中心及邮购部）
　　　　　86-10-65004079（总编室）
E-mail:zuojia @ zuojia.net.cn
http://www.zuojiachubanshe.com
印　　刷：北京玺诚印务有限公司
成品尺寸：133×214
字　　数：20 千
印　　张：5
版　　次：2021 年 2 月第 1 版
印　　次：2021 年 2 月第 1 次印刷
ISBN 978-7-5212-1114-6
定　　价：36.00 元

作家版图书，版权所有，侵权必究。
作家版图书，印装错误可随时退换。